Abraham Gräter

Eine Rede, achtungsvoll einem dankbaren Volke gewidmet in Erinnerung der Verdienste unseres beklagten obersten Beamten, Abraham Lincoln, geschrieben und veröffentlicht am 21. April 1865

Antigonos

Abraham Gräter

Eine Rede, achtungsvoll einem dankbaren Volke gewidmet in Erinnerung der Verdienste unseres beklagten obersten Beamten, Abraham Lincoln, geschrieben und veröffentlicht am 21. April 1865

Unveränderter Nachdruck der Originalausgabe von 1865.

1. Auflage 2024 | ISBN: 978-3-38637-067-7

Antigonos Verlag ist ein Imprint der Outlook Verlagsgesellschaft mbH.

Verlag: Outlook Verlag GmbH, Zeilweg 44, 60439 Frankfurt, Deutschland, info@outlook-verlag.de
Vertretungsberechtigt: E. Roepke, Zeilweg 44, 60439 Frankfurt, Deutschland
Druck: Libri Plureos GmbH, Friedensallee 273, 22763 Hamburg, Deutschland

Eine Rede,

achtungsvoll einem dankbaren Volke gewidmet

In Erinnerung der Verdienste

unferes

beklagten oberften Beamten,

Abraham Lincoln,

Geschrieben und veröffentlicht am 21. April 1865

von dem

Ehrw. Abraham Gräter.

—— ◆ ——

Skippackville, Pa.,
Druck von J. M. Schünemann.
1865.

Eine

Gedächtnißrede

auf das

Leben und den Tod von Abraham Lincoln.

Ihr wisset nichts, und bedenket auch nichts, es ist uns besser ein Mensch sterbe für das Volk, denn daß das ganze Volk verderbe.

Joh. 11, ein Theil vom 49. u. 50. Vers.

Denn gleichwie die Jünger Jesu gern im Anfang nicht glaubten, das es besser wäre das ihr Heiland von seinen Feinden umgebracht würde. Also können auch die Freunde Lincolns bis jetzt noch nicht einsehen, daß es besser ist, das unser Präsident von seinen Feinden umgebracht wurde. Sondern es geht uns jetzt wie der Heiland zu seinen Jüngern gesagt vor seinem Leiden: ihr werdet weinen und heulen aber die Welt wird sich freuen, ihr aber werdet traurig sein aber eure Traurigkeit soll sich in Freude verwandeln.

Also sind jetzt viele Tausende die trauern und weinen um den Verlust ihres geehrten Präsidenten, aber die Sezessionisten oder Teufelskinder, freuen sich über seinen Tod.

Betrachten wir also die Textworte, so müssen wir als christlich gesinnte Menschen aufrichtig gestehen und sagen, es ist besser für uns, die wir glauben an den Heiland, daß er gestorben begraben und auferstanden ist, als wenn er nicht gestorben wäre. Wir betrachten also unsern verstorbenen Präsidenten als einen Erlöser seines Volkes.

Der Heiland als ein Haupt über die Kirche auf Erden kam um dem Teufel sein Reich zu zerstören und das Reich Gottes zu vermehren.

Der Abraham Lincoln als ein Haupt über die Vereinigten Staaten um dem Teufel sein Reich, die Rebellion zu zerstören und die Union zu erhalten und vermehren.

Der Heiland und seine Diener kämpften und schlugen ihre Feinde mit dem Schwerte des Geistes, mit dem Worte Gottes, und siegten über sie.

Der Abraham Lincoln und seine Streiter hatten ein natürliches Schwert an der Seite, damit schlugen sie ihre Feinde, und mit der Hülfe Gottes siegten sie über sie. Der Heiland fiel unter die Uebelthäter, mußte sein Blut auf Erden vergießen, sein Leben aufopfern für das zeitliche und ewige Wohl um das ganze menschliche Geschlecht zu erhalten.

Auf denselben Tag des Jahrs nach der Zeitrechnung, wo unser Heiland gekreuzigt wurde, fiel auch Abraham Lincoln unter die Uebelthäter, mußte sein Blut auf Erden vergießen und sein Leben aufopfern für das ewige Wohl um die Sklaven zu befreien und die Union zu erhalten.

Als der Heiland über seine Feinde gesiegt, jubelten und jauchzten seine Jünger vor Freuden, dieweil sie glaubten er würde sein Reich auf Erden aufrichten, aber ihre Freude wurde bald in Trauer verwandelt, da sie hörten daß er umgebracht, aber die Feinde Christi waren froh und sagten, das hätte ihm längst widerfahren sollen.

Da Abraham Lincoln über seine Feinde gesiegt, da jubelirten und jauchzten seine Freunde vor lauter Freude, dieweil sie glaubten das Reich, die Union, würde jetzt durch ihm wieder hergestellt. Aber unsere Freude wurde bald in Traurigkeit verwandelt, da wir hörten daß er umgebracht wurde. Aber seine Feinde waren froh und sagten, daß hätte ihm längst widerfahren sollen.

Was geschah während das Christus gelitten und gestorben am Kreuze? es ward eine Finsterniß über das ganze Land von der 6ten bis 9ten Stunde, die Sonne verlor ihren Schein, der Vorhang im Tempel zerriß mitten entzwei. Der Hauptmann der sahe was geschah, sprach, wahrlich dieser ist ein frommer Mensch gewesen.

Was geschah während daß Abraham Lincoln gelitten und gestorben ist, es ward eine plötzliche Finsterniß von Waschington aus ausgebreitet über alle Staaten der ganzen Union, seine Freunde zogen die schwarzen Trauerkleider an da sie hörten daß er todt war, die Flaggen der Union welche in die Luft schwebten vor lauter Freude, wurden schwarz vor lauter Trauer. Die Sonne, die guten glorreichen Nachrichten, welche vor einigen Tagen zu uns von Washington aus leuchteten, und alles Volk auflebte, verloren zugleich ihren Schein und Klarheit, und Alles sah finster, dunkel und traurig aus. Der Vorhang im Tempel zu Washington ist zerrissen, indem daß der Präsident weggenommen wurde. Die Hauptleute, welche ihn kannten und sahen was geschah, sprachen, wahrlich Dieser ist ein frommer Mensch gewesen.

Was that der Heiland während seiner kurzen Amtszeit, er machte manche blind geborene sehend, die Lahmen und Krüppel gehend; die, welche mit bösen Geistern besessen waren, hat er ausgetrieben, die Aussätzigen reinigte er, die Todten weckte er auf usw.

Was that Präsident Lincoln während seiner kurzen Amtszeit? er machte manche blindgeborne Widersacher sehend, manche die lahm und gekrüppelt waren, machte er gehend für die Union, und manche Aussätzige, welche auf die allerschlimmste Weise von dem Secessionsgeist besessen waren, trieb er die Teufel aus und machte sie zu gesunde Unionleute. Auch manche Todten, welche gar kein Leben hatten für die Union, dieselben that er aufwecken, daß sie jetzt für die Union kämpfen.

Der Heiland mußte auch um das vierte Jahr seines Amtes sein Leben aufopfern.

Der Präsident mußte auch das vierte Jahr seines Amtes sein Leben aufopfern.

Die Hohenpriester gaben dem Judas 30 Silberlinge, daß er den Heiland sollte verrathen, auf daß er umgebracht würde.

Wie viele Silberlinge daß die Hohenpriester der Rebellion jenem Judas gegeben, welcher Lincoln umgebracht, haben wir bis jetzt noch nicht erfahren.

Betrachten wir unsere Textworte, so müssen wir fragen, was haben wir Menschen erlangt durch den Tod unseres Heilandes, daß uns gut ist, dann sagen wir Millionen von Seelen, welche an ihm glauben wie die Schrift sagt, sind bereits schon von ihrem Joche und Bande der Sünde frei gemacht worden, und haben nicht nur allein das zeitliche, sondern das ewige Wohl ihrer unsterblichen Seelen durch ihn erhalten, und Millionen von Millionen werden in die Zukunft dasselbe genießen die an ihn glauben, und werden seinen Namen hoch preisen.

Was haben wir die wir leben in den Vereinigten Staaten von Amerika erlangt durch den Tod unseres Präsidenten? wir sagen mehrere Millionen von Sklaven, welche unter dem Drucke und Joche ihrer Herrn gewesen sind, durch ihm mit der Hülfe Gottes frei gemacht, und Millionen von Millionen Seelen, schwarze und weiße, werden in die Zukunft dieselbe Freiheit genießen und seinen Namen hoch preisen, daß er sein Leben aufgeopfert um die Sklaven zu befreien und die Union für ewig herzustellen, wie wir hoffen. Wenn wir jetzt die Feinde Lincolns würden fragen, welche Sünde oder Unrecht er begangen während seiner Amtszeit, gegen sein Land oder Leute, so werden sie ihm kaum mit Recht eine Sünde aufweisen können, wie der Heiland zu den Juden gesagt. Joh. 8, 46. Aber doch wollte ich nicht verstanden sein, als ob man glauben sollte, daß er ohne Sünde in der Welt gelebt und keinen Erlöser von Nöthen hätte, das sei ferne, denn wir hörten zu oft, daß er die ganze Union aufforderte, um Dank hat und Bettage zu halten, um den Herrn seinen Gott im Himmel anzurufen und ihm zu danken.

Aber seit seinem Tobte mußten wir hören von einigen Schriftgelehrten, daß sie ihm eine Sünde oder Fehler hinlegen, dieweil er
nach dem Theater gegangen, die Schriftgelehrten sagten auch, der
Heiland sei nicht von Gott, dieweil er sich zu den Sündern und
Söllnern gesellte. Wir sagen ein Mann ist immer ein Mann,
und ein Christ ist immer ein Christ, er mag sein und hinkommen
wo er immer will, so er keine Sünde noch Unrecht thut, oder Wohl-
gefallen daran hat, denn der Ort bei sich selbst macht keinen Menschen schlecht oder gerecht. Denn gleichwie ein Sünder nach dem
Hause Gottes geht, das gepredigte Wort anhört aber nicht dar-
nach thut und als ein Sünder wieder herauskommt, also kann ein
Christ nach dem Theater gehen, zusehen und wieder als ein Christ
herausgehen. Was die Absichten Gottes gewesen, daß er im
Theater bei den vielen Menschen mußte umgebracht werden, ist
allein Gott bekannt, denn er hat immer Mittel und Wege, um uns
als Gott vergessene Menschen wieder zu ihm zu bringen.

Denn wir können wohl sagen, das, seit Menschen in den Vereinigten Staaten wohnten, keiner darinnen gestorben, der so viel
Leid und Trauer verursacht hat, als wie der Tod des Präsidenten,
denn er wurde in seinen letzten Tagen seines Lebens so hoch ge-
priesen von vielen tausenden seiner Freunde, so das wir glaubten,
daß dadurch manche den Herrn ihren Gott vergaßen und den Präsidenten mehr geopfert oder angebetet in seinen letzten Tagen, als
den Herrn ihren Gott.

Betrachten wir hingegen wiederum was für eine Veränderung
es gegeben, da seine Freunde hörten daß er gestorben, da zogen sie
gleich die Trauerkleider an und riefen dem Herrn ihren Gott im
Himmel an und sprachen: Herr Gott warum hast du unseren
Präsidenten lassen umkommen in den Händen seiner Feinde, denn
er hatte eben gesiegt über sie und wir hofften, er würde die Union
wieder herstellen. Friede machen. Aber jetzt ist er todt. Gott
was waren deine Absichten, daß du solches über uns und unser
Land hast kommen lassen? Solche Gebete und andere mehr stie-
gen hinauf vor dem Throne Gottes, nicht nur von einzelnen Per-

sonen, sondern von Millionen Seelen von allen Staaten der ganzen Union.

Und schließlich sagen wir nochmals, ihr wisset nichts und bedenkt auch nichts, es ist besser für das Volk, daß der Präsident umgebracht, die Sklaven frei gemacht, die Menschen zum Herrn gebracht, die Union erhalten, als wenn er noch leben würde und die Sklaven wären nicht frei und die Union zertheilt. Das Volk nicht selig.

Zum Schlusse beten wir dich Vater im Himmel an, Gott, du siehest wie viele Seelen daß du betrübest hast, indem du es zugelassen, daß unser Präsident ist umgebracht worden. Hilf Gott, daß wir nicht trauern wie die Heiden, welche keine Hoffnung haben. Vater im Himmel erbarme dich über die Feinde der Union, und gieb ihnen zu erkennen, daß sie nicht länger wider dieselbe rebellen. Vater erbarme dich auch über jenen Bösewicht, welcher den Präsident hat umgebracht, segne auch alle gesunde, kranke und verwundete Soldaten. Vater wir bitten dich, segne den Stellvertreter des verstorbenen Präsidenten zweifältig mehr als du seinen Vorgänger gesegnet während seinem Amt, segne Gott das ganze Cabinet. Vater wir bitten dich, erbarme dich über die betrübten und trauernden Blutsverwandten des verstorbenen Präsidenten, tröste sie mit der Hoffnung, daß er ohne Ursache von seinen Feinden ist umgebracht worden, als ein unschuldiges Lamm, und daß seine Seele in Abrahams Schooß ist. Gott hilf das dieser Sterbefall allen Seelen der ganzen Union und der Nachwelt zu ihrem zeitlichen und ewigen Wohl gereichen möge, ist mein Gebet. Amen.